LES CONSTANTES

AMOURS

D'ALIX,

ET D'ALEXIS,

ROMANCE.

M. DCC. XXXVIII.

ROMANCE

Pourquoi rompre leur Mari=
=age Méchans Parens? Ils auroient
fait si bon ménage, A tous mo=
=mens Que sert d'avoir bague et den=
=telle Pour se parer? Ah la Ri=
=chesse la plus belle Est de s'aimer.

Quand on a commencé la vie
Difant ainfi :
Oui, vous ferez toujours ma Mie.
Vous, mon Ami.
Quand l'âge augmente encor l'envie
De s'entre-unir ;
Qu'avec un autre on vous marie,
Mieux vaut mourir.

A fa Mere, étant déja grande,
La pauvre Alix
A deux genoux, un jour demande
Son Aléxis :
Maman, il faut par complaifance
Nous marier.
Ma fille, je veux l'alliance
D'un Confeillér.

***

L**A** fille, à cette barbarie,
    Bien fort pleura.
Au Couvent de Sainte Marie
    On l'enferma.
Là, pendant trois ans éperduë,
    Elle a gémi;
Sans avoir un inſtant la vûë
    De ſon Ami.

***

U**N** jour.... Quelle malice d'ame !
    La Mere a dit :
Aléxis a pris une femme,
    Sans contredit.
Et puis, lui montrant une lettre,
    Lui dit : Voyez,
Il vous écrit ; c'eſt pour permettre
    Que l'oubliiez.

A iij

ALORS, Conseillér & Notaire
Arrivent tous.
Le Curé fait son ministére :
Ils sont Epoux.
Pour elle, hélas ! festin & danse
Ne font qu'ennui ;
Toujours lui vient en souvenance
Son favori.

LE soir, plus grande fâcherie
Saisit son cœur.
Sa Mere la tanse & la crie
Toute en fureur.
Tout comme une brebis qu'on méne
Droit au bûchér,
La pauvrette, en pleurant, se traîne
Pour se coucher.

VRAI Dieu, qu'Alix, honnête & sage,
 Se conduit bien!
Tous autres soins que du ménage
 Lui font de rien.
Voyant de son Epoux la flâme
 Qu'il lui portoit,
Elle lui donnoit de son ame
 Ce qui restoit.

HELAS! Son ame toute entiére
 A ses soucis,
Gardoit son amitié premiére
 Pour Aléxis.
Cinq ans, en dépit d'elle-même,
 Passa les jours
A se reprocher qu'elle l'aime,
 L'aimant toujours.

A iiij

Pour chasser de sa souvenance
    L'Ami secret,
On se donne tant de souffrance
    Pour peu d'effet :
Une si douce fantaisie
    Toujours revient ;
En songeant qu'il faut qu'on l'oublie,
    On s'en souvient.

Alix, dans sa mélancolie,
    Un jour l'Epoux
Lui méne un Marchand d'Arménie
    Pour des bijoux :
Ma Moitié, faites quelqu'emplétte
    De son écrin.
Perles & nœuds font la recétte
    Pour le chagrin.

BAISE-MOI, Moutonne chérie,
Je vais au plaid,
Tien, pren de cette orfévrerie
Ce qui te plaît;
L'argent n'eſt que pour qu'on ſe donne
Quelque bon temps:
N'épargne rien; voilà, Mignone,
Vingt écus blancs.

IL part. Le Marchand, en ſilence,
L'écrin montroit,
Qu'Alix avec indifférence
Conſidéroit;
Chaque fois qu'il offre à la Dame
Perle ou Saphir,
Chaque fois, du fond de ſon ame,
Sort un ſoupir.

En lui toutes fleurs de jeunéſſe
    Apparoiſſoient ;
Mais longue barbe, air de triſtéſſe
    Les terniſſoient.
Si de jeunéſſe on doit attendre
    Beau coloris,
Pâleur qui marque une ame tendre,
    A bien ſon prix.

Mais Alix, ſoucieuſe & ſombre,
    Rien ne voyoit.
Pourtant, aux longs ſoupirs ſans nombre,
    Qu'il répétoit :
D'où lui vient, dit-elle en ſoi-même,
    Tant de chagrins ?
Ah ! S'il regrétte ce qu'il aime,
    Que je le plains !

LAS! Qu'avez-vous qui vous soucie,
    Comme je voi?
Si c'est d'aimer, je vous en prie,
    Dites-le-moi.
Hé, que sert de conter, Madame,
    Un déplaisir,
Qui jamais, jamais de mon ame
    Ne peut sortir?

IL n'est qu'un Trésor dans le monde,
    Je le connois,
Long-temps en espoir je me fonde
    Que je l'aurois;
Et plus mon amitié ravie,
    Crut l'obtenir,
Tant plus j'aurois donné ma vie
    Pour le tenir.

Le voir cent fois dans la journée
Me plaifoit tant !
Je l'emportois dans ma penfée
En le quittant ;
Lorfqu'un Lutin, par grand' rancune,
Vint l'enlever,
Puis d'un autre en fit la fortune
Pour m'en priver.

Dirai-je ma douleur profonde
Quand je l'appris ?
Pour m'en aller au bout du monde
Me départis :
Non qu'un inftant en moi je penfe
De l'oublier ;
Mais pour mourir de ma conftance
A le pleurer.

MARCHAND, eft-ce or en broderie
Que ce Tréfor?
Madame, hélas ! ce que j'envie
Surpaffe l'or.
Sont-ce Rubis ? J'aurois fans peine
Rubis perdus.
C'eft donc le Trouffeau de la Reine?
Ah, c'eft bien plus !

DEPUIS qu'on vint, par grand dommage,
Me le ravir,
J'en ai tiré la chére Image
De fouvenir;
J'ai, la voyant, l'ame remplie
De défefpoir,
Et ne garde pourtant la vie
Que pour la voir.

Ne tardez pas, j'en meurs d'envie,
Arménien,
Que cette Image tant chérie
Je voye enfin.
Lors, avec un soupir qu'il jétte
Plus loin encor,
De son sein tire une Tablétte
Dans du drap d'or.

Alix, soudain prit la Dorure,
La déplia;
Sur la Tablétte, en écriture,
Ces mots trouva:

Ici je contemple, a toute heure,
Dans les soupirs;
Je garde tout ce qui demeure
De mes plaisirs.

ALORS Alix la Tablétte ouvre
    Tant vîtement.
Hé, qu'est-ce donc qu'elle y découvre
    Pour son tourment?
La voilà toute évanoüie
    A cet objet!
Qui n'eût même transe sentie?
    C'est son Portrait!

ALIX, mon Alix tant aimée,
    Hélas, c'est moi!
Alix, Alix tant regrettée,
    Ranime-toi;
Ton Aléxis vient de Turquie,
    Tout à l'instant,
Pour te voir, & quitter la vie
    En te quittant.

PAR ces triſtes mots ranimée,
Alix parla :
Aléxis, j'ai ma foi donnée ;
Un autre l'a ;
Je ne dois vous oüir de ma vie
Un ſeul inſtant :
Mais ne mourez pas, je vous prie.
Partez, pourtant.

VOULANT, pour complaire à ſa Mie,
Partir ſoudain ;
Avant que pour jamais la fuye,
Lui prend la main.
L'Epoux ſurvient. A cette vûë,
Tout en fureur,
Leur a, d'une dague pointuë,
Percé le cœur.

ALEXIS meurt. Alix mourante,
Les yeux baiſſés,
Dit : Je péris, mais innocente ;
Ce m'eſt aſſez.
Mon Epoux, votre jalouſie
Verſe mon ſang.
Sans regret je quitte la vie,
En vous plaignant.

DEPUIS cet acte de ſa rage,
Tout effrayé :
Dès qu'il eſt nuit, il voit l'image
De ſa Moitié,
Qui, du doigt montrant la bléſſure
De ſon beau ſein,
Appelle avec un long murmure
Son aſſaſſin.

APRE's fi trifte tragédie,
Tout fage Epoux
Ne peut, de fa Moitié chérie,
Etre jaloux;
S'il trouve un marchand d'Arménie
Prenant fa main,
Il dit : C'eft qu'on le congédie,
J'en fuis certain.

*Fin des conftantes & malheureufes Amours
d'Alix & d'Aléxis.*